Diversión en el clima de otoño

Martha E. H. Rustad

Ilustrado por Amanda Enright

EDICIONES LERNER◆MINEÁPOLIS

NOTA A EDUCADORES

Al final de cada capítulo pueden encontrar preguntas de comprensión. En la página 23 hay preguntas de razonamiento crítico y sobre características del texto. Las preguntas ayudan a que los estudiantes aprendan a pensar críticamente acerca del tema, usando el texto, sus características e ilustraciones.

Muchas gracias a Sofía Huitrón Martínez, asesora de idiomas, por revisar este libro.

Traducción al español: copyright © 2020 por ediciones Lerner
Título original: *Fall Weather Fun*
Texto: copyright © 2020 por Lerner Publishing Group, Inc.
La traducción al español fue realizada por José Becerra-Cárdenas

ediciones Lerner
Una división de Lerner Publishing Group, Inc.
241 First Avenue North
Mineápolis, MN 55401 EEUU

Si desea saber más sobre los niveles de lectura y para obtener más información, favor de consultar este título en www.lernerbooks.com

Las imágenes de la p. 22 se usaron con el permiso de: Alexey Lysenko/Shutterstock.com (hojas); Evgeny Atamanenko/Shutterstock.com (lluvia); Pressmaster/Shutterstock.com (nieve).

El texto del cuerpo principal está en el siguiente formato: Billy Infant Regular 22/28. El tipo de letra fue proporcionado por SparkyType.

Library of Congress Cataloging-in-Publication Data

Names: Rustad, Martha E. H. (Martha Elizabeth Hillman), 1975- author. | Enright, Amanda, illustrator.
Title: Diversión en el clima de otoño / Martha E.H. Rustad ; [illustrated by] Amanda Enright.
Other titles: Fall weather fun. Spanish
Description: Minneapolis : Ediciones Lerner, [2019] | Series: Diversión en otoño | Audience: Age 5-8. | Audience: K to Grade 3. | Includes bibliographical references and index.
Identifiers: LCCN 2018028924 (print) | LCCN 2018036594 (ebook) | ISBN 9781541542686 (eb pdf) | ISBN 9781541540842 (lb : alk. paper) | ISBN 9781541545403 (pb : alk. paper)
Subjects: LCSH: Autumn—Juvenile literature. | Weather—Juvenile literature.
Classification: LCC QB637.7 (ebook) | LCC QB637.7 .R8682518 2019 (print) | DDC 508.2—dc23

LC record available at https://lccn.loc.gov/2018028924

Fabricado en los Estados Unidos de América
1-45267-38789-9/17/2018

TABLA DE CONTENIDO

CAPÍTULO 1
COMIENZA EL OTOÑO

¡Shhhhh!

El viento esparce las coloridas hojas por el patio. El clima de otoño ha llegado.

Nos ponemos las chaquetas
para ir afuera.
El aire está frío.

Hoy nuestra clase celebra el primer día del otoño.
La gente llama a este día el equinoccio de otoño.

En el equinoccio, el día y la noche duran lo mismo.

Durante el otoño, cada día es un poco más corto que el día anterior.

Cada mañana, el sol sale más tarde.
Cada noche, el sol se pone más temprano.

¿Cómo se le llama al primer día de otoño?

CAPÍTULO 2
EL CLIMA CAMBIA

Durante el otoño, el clima cambia de cálido a frío.

Cada mañana, el sol sale más tarde.
Cada noche, el sol se pone más temprano.

¿Cómo se le llama al primer día de otoño?

CAPÍTULO 2
EL CLIMA CAMBIA

Durante el otoño,
el clima cambia de
cálido a frío.

El clima de otoño es más frío que el clima de verano.

El clima de otoño es más cálido que el clima de invierno.

El clima de otoño cambia mucho
cada día.
Consultamos el clima cada mañana
para saber cómo vestirnos.

En septiembre, usamos chaquetas ligeras. Pero en noviembre, ¡podríamos necesitar abrigos más gruesos y mitones!

¿Cómo cambia el clima en el otoño?

CAPÍTULO 3

UN DIAGRAMA DEL CLIMA

En nuestra clase estamos haciendo un diagrama del clima este otoño.

Cada día, escribimos
cuanta lluvia cayó.

día	fecha	indicador de lluvia	temp
lunes	11/2	2.5 in. (6 cm)	50°F (10°C)
martes	11/3	1 in. (3 cm)	48°F (9°C)
miércoles	11/4	3 in. (8 cm)	39°F (4°C)
jueves	11/5	0 in. (0 cm)	43°F (6°C)
viernes	11/6	0 in. (0 cm)	35°F (2°C)
lunes	11/9	1 in. (3 cm)	34°F (1°C)
	11/10	1 in. (3 cm)	34°F (1°C)

También anotamos
la temperatura.

Algunos días, anotamos temperaturas cálidas.
Otros días, anotamos temperaturas frías.

Notamos que la temperatura está bajando.

Comparamos nuestro diagrama con los diagramas de otras clases en lugares distintos.

Una clase tiene un clima más cálido.

Otra clase tiene un día más lluvioso.

En mi clase tenemos nieve en el otoño.

El clima de otoño es diferente
en cada lugar.

¿El clima de otoño
es el mismo en cada
parte del mundo?

CAPÍTULO 4
TERMINA EL OTOÑO

El otoño casi termina.
Llevamos abrigos gruesos para
protegernos del frío afuera.

Pronto los copos de nieve comenzarán a volar por el viento. El invierno está por llegar.

¿Cómo cambia el clima al final del otoño?

APRENDE SOBRE EL OTOÑO

El otoño es una de las cuatro estaciones. En el otoño se caen las hojas de los árboles.

La palabra *equinoccio* significa "noche igual."

El otoño termina el 21 o el 22 de diciembre. Al primer día de invierno lo llamamos solsticio de invierno. Es el día más corto y la noche más larga del año.

Algunas partes del planeta Tierra no tienen clima de otoño. En el ecuador, a la mitad de la tierra, el clima se mantiene igual durante todo el año.

Algunos lugares tienen una estación lluviosa durante el otoño. La gente en estos lugares usa paraguas o llevan impermeables casi todos los días.

PIENSA EN EL OTOÑO:
PREGUNTAS DE RAZONAMIENTO CRÍTICO Y DE CARACTERÍSTICAS DEL TEXTO

¿Cómo es el clima de otoño dónde vives?

¿Por qué crees que el clima se vuelve más frío cuando los días se hacen más cortos?

¿Puedes encontrar la temperatura más alta en el diagrama de la página 15?

¿Qué capítulo de este libro habla sobre el final del otoño? ¿Cómo sabes?

GLOSARIO

diagrama: una página que da información organizada en listas o en cuadros

equinoccio: la fecha donde el día y la noche duran exactamente 12 horas cada uno. El equinoccio de primavera es el día 19, 20 o 21 de marzo. El equinoccio de otoño es el día 22, 23 o 24 de septiembre.

temperatura: qué tan frío o cálido es algo

PARA APRENDER MÁS

LIBROS
Felix, Rebecca. *How's the Weather in Fall?* Ann Arbor, MI: Cherry Lake, 2013. Descubre más información sobre cómo cambia el clima en el otoño.

Schuh, Mari. *I Feel Fall Weather.* Minneapolis: Lerner Publications, 2017. Lee más sobre el viento, la lluvia y las frías temperaturas.

SITIO WEB
Villa de Actividad: Otoño
https://www.activityvillage.co.uk/autumn
Celebra el clima de otoño con juegos, rompecabezas y manualidades.

ÍNDICE